KB056712

흐느끼던 밤을 기억하네

| 일러두기 |

이 책의 본문 14쪽에 수록된 김종철 시인의 시는 2014년 5월 20일에 보내온 것입니다. 선생께서는 같은 해 7월 5일에 지병으로 별세하였고, 이번 시는 유고시집에 수록되었으나 해당 출판사의 협조를 얻어 재수록하였습 I다.

흐느끼던 밤을 기억하네

고은 · 강은교 외 지음

나무옆
의자

차례

| 2부 |

하늘이 비치는 곳이면 어디에나 엄마가 있다

| 3부 |

하늘이 무너진다 해도 변하지 않을 사랑

당신의 이름은
슬픔이었습니다

성묘

고은

어머니 무덤에 안스러히 와 있습니다
불효막심이 삶으로
실패니
성공이니
그런 세상의 허울들이
아지랑이 뒤로 가물가물합니다
몇 해 전보다
더 내려앉은
어머니 무덤가에 주저앉았습니다
아예 누웠습니다
반나절인 듯
누운 채로 멍한 하늘을 보았습니다
하늘 속
어머니의 얼굴을 보았습니다
어머니의 젖가슴 푸른 핏줄들을 보았습니다
엄마
엄마

엄마 하고 부르던

다섯 살의 나는 다 지워져서

어머니

어머니

하고 여든한 살의 묵은 목젖으로

가만히 불러보았습니다

저만치서 할미산 할미꽃 서넛이

아무것도 바라지 않고 잠들어 있습니다

시작 메모

선사(先史)의 어머니를 버리고 역사의 아버지를 내세운 오랜 시절을 지내왔
습니다. 하지만 이 세상에 태어난 자 그 누구도 어머니라는 근원 없이 어찌
살아가리오. 이런 어머니를 다시 한 번 내팽개쳐서 어머니 없는 기술의 삶
을 살아야 할 막된 시절이 되어가고 있습니다. 자아라는 것, 자기라는 것의
무자비 말입니다.

내가 부르던 젖머이 저, 젓 떼던 저외 어디에 엄미, 엄미 는 묻혔을까요.

엄마, 어머니, 어머님

김종철

누구나 세 분의 당신을 모시고 있다
세상을 처음 열어주신 엄마
세상을 업어주고 입혀주신 어머니
세상을 깨닫게 하고 가르침 주신 어머님

엄마의 무릎에서 내려오면
회초리로 사람 가르치는 어머니가 계시고
세상을 얻기 위해 뛰다 보면
부끄러움과 후회로
어머님 영정 앞에 잔 올린다

성모 아닌 어머님이
세상 어디에 있더냐
기도로 일깨우고
눈물로 고통 닦아주신
엄마, 어머니, 어머님
모두 거룩한 한 분이시다

세상을 처음 열어주신 엄마
세상을 업어주고 입혀주신 어머니
세상을 깨닫게 하고 가르침 주신 어머님

시작 메모

어머니 앞에서는 누구나 어린아이다.

생도(生島)*를 바라보며

김종해

동짓달 열사흗날
우리 엄마는 하늘에 오르셨는데요
화장터에서 다비(茶毘)로 옷을 갈아입으시고
하늘로 오르셨는데요
영도 태종대 앞바다 작은 섬을 딛고
하얀 구름 몸에 감고 오르셨는데요
그날 파도는 하얗게 엎어지고
물새 떼는 소리 내어 울어댔어요
산 사람과 죽은 사람의 경계가 되는 섬
이승에 엄마가 남겨놓은 작은 섬 하나
엄마가 그리울 땐
이 섬을 향해
엄마— 하고 목 놓아 소리쳐 불러요

• 부산 태종대 앞바다에 작은 섬 생도(生島)가 있다. 악천후에 조난된 뱃사람들이 이 섬에
  몰라 목숨을 구하므로 생도라 한다.

어머니의 유해를 놓아드린 곳이 부산 태종대 앞바다 작은 섬 생도다.

어머니와 이생과의 인연. 나는 그곳을 잊지 못한다.

조묵단전(傳)
— 멍텅구리 배 한 척

문인수

김해녹십자노인요양병원.
99세, 어머니의 바닥은 지금
인조가죽 매트리스.

거기 전심전력, 전적으로 당신 한 몸 책임지고 앉아 있다, 누
워 있다,
누웠다, 앉는다,

누웠다, 앉았다, 누웠다, 앉았다 해도 도무지

안 가는,

아, 멍텅구리 배 한 척,

간다.

시작 메모

　이 시는 '자백' 같은 것이다. 그러니까 이 '불효막심'한 내용에 대해 다시 무
슨 말을 덧붙일 수 있겠는가.

자수

송수권

어머님 한 땀씩 놓아가는 수틀 속에선
밤새도록 오동나무 한 그루가 자라고 있다
매운 선비 군자란 싹을 내듯
어느새 오동꽃도 시벙글었다
태사신과 꽃신이 달빛을 퍼내는 북전계하
말없이 잠든 초당 한 채
그늘을 친 오동꽃 맑은 향 속에
누가 당음을 소리 내어 읽고 있다
그려낸 먹붓 폄을 치듯
고운 색실 먹여 아귀 틀면
어머님 한삼 소매 끝에 지는 눈물
오동잎새에 막 달이 어린다
한 잎새 미끄러뜨리면 한 잎새 받아 올리고
한 잎새 미끄러뜨리면 한 잎새 받아 올리고
스르룽스르룽 달도 거문고 소리 낸다
어머님 치마폭엔 한밤내 수부룩이 오동꽃만 쌓이고……

　모정의 결핍 때문에 시인이 되었다고 몇 차례 고백한 적이 있다. 나는 열 살 때 어머니를 잃었고, 동생은 일곱 살 때였다. 어렸을 때 본 어머니의 청초한 모습을 떠올리는 시가 「자수」이고, 등단작 「산문에 기대어」가 자살한 동생에게 바쳐진 엘레지다. 그래서 나의 시는 재생(부활), 환생의 한으로서 끈질기고 힘차고 슬픈 운명을 지녔다. 어머니가 남기고 간 「모시 옷 한 벌」은 한(恨)으로 남긴 유일한 유품이 되었다.

별

오세영

어머니,
문득 당신을 불러봅니다.

— 착하게 살지도 못했습니다.
— 떳떳이 살지도 못했습니다.
— 아름답게 살지도 못했습니다.

이제 보니
당신의 이름은 참회였습니다.

어머니,
남몰래 당신을 불러봅니다.

— 그처럼 빨리 가실 줄 몰랐습니다.
— 그처럼 그리울 줄 몰랐습니다.
— 그처럼 보고 싶을 줄도 몰랐습니다.

이제 보니
당신의 이름은 또 슬픔이었습니다.

시가 되지 않는 저녁,
가만히 창문을 열고 어두운 밤하늘을 바라다봅니다.
아득히 먼 지평선 너머에서 반짝이던 별 하나가
또르르 내려와 내 눈에 글썽입니다.

— 아가, 그만하면 잘했다. 잘했어.
　　울지 마라.

어머니는 허공의 별이 되어
그동안
날 지켜보고 계셨던 거였습니다.

나는 유복자입니다. 그래서 아버지의 얼굴을 모릅니다. 그런데 어머니 역시 나이 서른에 여의었습니다. 결혼하기 전의 일이었습니다. 누구나 그렇겠지만…… 그래서 그런지 나는 어머니를 생각할 때마다 기쁨보다는 항상 슬픔이 앞섰습니다. 가능한 한 어머니를 생각하지 않으려고 노력하였습니다. 그런데 어느 날 밤 시를 쓰다가 문득 쳐다본 밤하늘에서 어머니의 얼굴을 보았습니다. 당신은 별의 눈빛을 하고 지상의 나를 가만히 지켜보고 계셨던 것입니다.

들깨밭에서

이건청

내 어머니
가을 들깨밭에 오셨네,
'엄마' 때처럼,
새댁으로 불리던 연둣빛 날 데불고,
쪽 찐 머리 그대로 오셨네.
들깻잎 일렁이는 들깨밭에 오셔서
늙어버린 아들, 보고 계시네

어머님,
지난 10월 23일
대전국립현충원에
재를 묻은 어머님 자식 하나,
만나셨겠지요?
양지쪽에서 여문 들깨처럼
담뿍 보듬어 안으셨겠지요?

어머님 들깨밭 복판에 서서

다 안다고, 걱정 말라고
끄덕이시는데,
어여 네 여생이나 챙기라고
손짓까지 해 보이시는데,

밝고 곡진해진 이승의 들깨 향기가
가슴속까지 차오르는, 늦가을
들깨밭 저쪽에
내 어머니 계시네.
'엄마' 때 모습 그대로
내 어머니 오셨네.

들깨밭에선 들깨 향기가 퍼진다. 들깨 향기는 어린 싹일 때부터 진하게 퍼
진다. 그런 면에서 들깨 향기는 생래적인 것이고, 아주 근원적인 것이라 할
수 있겠다. 들깨 여문 씨앗으로 들기름을 짜낸다. 참기름보다 들기름이 훨
씬 고소한 맛을 지닌다. 들깻잎이 생래적이고 근원적인 향을 지녔듯이 들기
름도 그렇다. 그립고, 아련하고, 사람 후각에 아찔하게 와 닿는다. 나는 한
국을 대표하는 향기나 냄새를 들깨 냄새라고 확신한다.

이승을 떠나신 지 20여 년, 들깨밭에 오신 '엄마'를 뵈오며, 어느새 고희를
넘겨버린 아들이 그리움의 육성으로 '엄마', 불러보니 들깨 향기가 진하게
와 나를 감싸 안는구나.

엄마

정진규

엄마아, 부르고 나니 다른 말은 다 잊었다 소리는 물론 글씨도 쓸 수가 없다 엄마아 가장 둥근 절대여, 엄마아만 남았다 내 엉덩이 파아란 몽고반으로 남았다 에밀레여, 제 슬픔 스스로 꼭지 물려 달래고 있는 범종의 유두(乳頭)로 남았다 소리의 유두가 보였다 배가 고팠다 엄마아

시작 메모

시에 쓴 대로 지금 이 순간은 다른 말을 소리 낼 수도 쓸 수도 없다. 엄마아, 엄마이, 엄미이, 그뿐이다.

28

종소리

정호승

종소리에도 손이 있다

바람에 흔들리는 풀잎처럼 긴 손가락이 있다

때로는 거칠고 따스한 어머니의 손이 있다

어디선가 먼 데서 종소리가 울리면

나는 가끔 종소리의 손을 잡고 울 때가 있다

종소리의 손가락이 가리키는 별을 바라볼 때가 있다

그 별이 사라진 곳으로

어머니를 따라 멀리 사라질 때가 있다

어머니의 사랑은 무조건적이고 맹목적이며 무한하다. 희생과 책임과 용서라는 사랑의 본질까지 들어 있다. 따라서 모성과 신성은 같다. 신의 사랑에는 모성적 측면이 있다고 한다.

치매엄마

최돈선

도요새 한 마리 구워 먹고 싶다 애야
저건 까마귀예요 엄마
검은 그림자 끌며 달로 가는 까마귀를
손가락 들어 도요새라 엄마는 부른다

호수는 위태롭게 수은처럼 맑다
갈대 한두어 줌 꺾어 하늘에 흔들며
도요새 한 마리 구워 먹고 싶다 애야
저건 까마귀예요 엄마
까마귀인지 도요새인지 이젠 분명치 않은
그 새의 길을 엄마는 조용히 비질을 한다
밤하늘이 조금씩 기울어 별이 쏟아지면
호수는 제 몸 드러내어 빛나는 것이다

매일 밤 호숫가로 가 밤새를 기다리는 엄마
세상 기억을 몽땅 잃어
이젠 환히 한 장의 백지로 남아

대체 무얼 그려야 할까 얘야

엄마 도요새를 그려요 그걸 맛나게 구워 드세요

까마귀도 도요새, 콩새도 도요새, 구슬픈 호오새도

도요새 그 이름만 남거든

남몰래 그림자 되어 오래도록 가고 싶은 나의 엄마

시작 메모

  밤이면 자신의 길을 찾아 집을 나서는 엄마. 밤이면 달보고 봉선화 참 곱게
피었네 우기는 나의 엄마. 강아지도 금붕어라 우기고 메뚜기 한 마리 날아
가면 금붕어야 어디 가니? 손 흔드는 나의 엄마…….

32

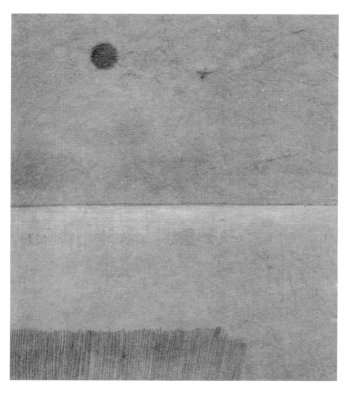

매일 밤 호숫가를 가 밤새를 기다리는 엄마
세상 기억을 몽땅 잃어
이젠 환히 한 장의 백지로 남아
대체 무얼 그려야 할까 얘야

2부

하늘이 비치는 곳이면
어디에나 엄마가 있다

강은교
김명리
김승희
김이듬
노혜경
문정희
신현림
신혜정
유안진
이근화
이진명

엄마의 마지막 말씀

강은교

엄마의 마지막 말씀은 물이었어, 그 전날 말씀은 물을 주어야지, 였고, 그 전전날 말씀은 물을 주고 있어, 였지, 엄마 위에서 물길이 걸었을까, 물길 위에서 엄마가 걸었을까

물길이 떠다닌다, 물길 아래 수평선도 떠다닌다, 날개가 산맥같이 우주에 펼쳐진 파랑새도 떠다닌다, 파랑새 날개 속에 들어 있던 은하 저 너머도 떠다닌다

시작 메모

그 방에 들어서면 '엄마'는 고동색 장롱에 기대어 늘 무릎이 아프다고 '보채셨'다. 그리고 화분에 물을 주었느냐고 중얼거리고 또 중얼거리셨다. 일생을 물을 주어오셨던 엄마, 일생을 걸어오셨던 '엄마' 그 두 개의 이미지가 이 시에서 화음을 이루기를 바란다.

나도 이느새 그 화음의 길을 걸어가고 있구나.

엄마

김명리

딛고 선 겨울 저수지의 얼어붙은 입이
쩡, 하고 갈라질 때
문득 진저리치며
온몸이 내지르는 말이…… 엄마다

한낱 축생도 난생 벙어리도
오장육부 닫았다 펼치면
한 호흡에 저절로 발성되는 말…… 엄마

내 엄마의 엄마는
엄마가 일곱 살 되던 해
난산 끝에 돌아가셨다고 한다

곰보라도 째보라도 좋으니
나도…… 엄마…… 라고 불러볼
엄마가 있어봤으면 좋겠다고

땅거미 내린 먼 목소리로 자주 혼잣말하시던 엄마

벌의 엄마, 나비 떼 엄마들 모두 함께
분단장하는 화엄꽃밭이 거기 있는지

천 길 바위벼랑에 철썩이는
높고 늙고 외로운 염소의 울음소리로
엄마…… 엄마…… 엄마……
어금니에 단단히 머금은 것만으로도

소태 내린 입속이
무화과 속 꽃 핀 듯 환해지는 날이 있다

시작 메모

　밥은 많이 먹었느냐고…… 먼 여행에서 돌아와도 엄마는 같은 말만 되풀이
하신다. 치매의 꽃밭에 드신 지 세 해째…… 여든셋 엄마의 손끝에서는 지
금도 훈김 오르는 밥 냄새가 난다.

골무가 없는 여자

김승희

엄마가 떠나시고 나자 엄마의 길이 보였다,

황망 중에 요약되었다,

나의 엄마도 결국 국민 엄마의 길을 살다 가셨다,

엄마의 마음은 그늘에 핀 못난 잡초 같은 자식들을 늘 염려

했고

자식의 숟가락에 자기 살점을 구워 올렸고

그 염려가 엄마라는 인간을 땅과 하늘 사이의 중간자로 들어

올렸다,

그리하여 엄마는 늘 인간 이상의 존재였다,

국민 엄마들은 그렇게 자기를 버리고 자기 이상의 존재가 되

었다

국민 엄마의 자식들은 늘 그렇게도 또 못난이들이었다

아픈 무릎으로 부엌에 서서 사각사각 혼자 쌀을 씻던 엄마,

뜨거운 프라이팬 위에 혼자 부침개를 부치던 엄마,

추운 겨울에 된장 고추장을 뜨러 뒤뜰로 혼자 가던 엄마

바늘이나 식칼에 늘 손을 다치던 엄마

평생을 골무가 없어 자주 바늘에 손을 찔리던 엄마
평생을 자기 심장이 바늘 쌈지였던 엄마
뜰에 모란과 접시꽃과 옥잠화를 혼자 기르던 엄마

그렇다, 국민 엄마의 삶은 늘 바늘에 찔렸고
골무가 없어 늘 손가락에서 피가 흘렀고
자기 심장이 늘 바늘 쌈지였고
그럼에도 마당에다 꽃 피는 무언가를 늘 혼자 길렀다

그런데 빈소에서 행렬이 나오자
하늘과 지평선 사이, 하늘과 수평선 사이
수직으로 수평으로 어디에나 엄마는 있게 되었다
죽음이 나로 맺혔던 한계의 돌파라는 것,
나로 맺혔던 명사의 한계를 벗어난다는 것,
하늘에 바위에 나무에 구름에 개울가에
우중충한 한강물에도 하늘이 비친 신성하고 다정한 넋을 느
꼈다

하늘이 비치는 곳이면 어디에나 엄마가 있었다,
작은 물그릇 하나에도……
세상에 엄마 아닌 것이 없을 정도로 엄마가 커지자
막혔던 엄마의 숨결도 노래로 풀어지게 되었다

엄마 만세!
엄마는 소천하시어 이제 하늘밖에 줄 것이 없어
파란 하늘 아래 어제도 오늘도 천상의 햇살을 길어
못난이들의 물그릇을 영롱하게 채워주신다
아침마다 저녁마다 종종걸음이다
나도 아무것도 드릴 것이 없어
이제 국민 엄마라는 칭호를 내가 엄마에게 헌정한다

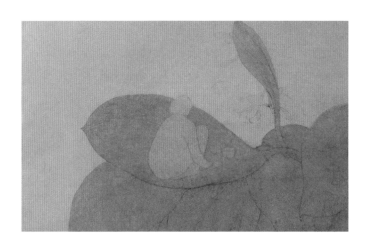

시작 메모

어머니가 지난 3월 23일 소천하신 후 이전보다 더 자주 하늘을 바라보게 되었다. 1930년생으로 당대로서는 엘리트 코스인 사범학교 출신인 엄마는 멋진 신여성의 삶을 살 수도 있었을 텐데 역사의 질곡과 못난 자식들로 인해 '아픈 국민 엄마'의 길을 갈 수밖에 없었던 것 같다. 죽음을 피할 수 없는 인간은 "죽음의 파괴에 이미지라는 재생으로 맞선다"라고 레지 드브레는 말했는데, 이 시라는 것도 결국 사랑하는 이의 죽음의 슬픔에 맞서고자 인간이 만드는 '이미지의 재생'일 뿐인지도 모른다. 그래도 엄마, 이미지의 재생일 뿐일지라도 '국민 엄마'라는 칭호를 제가 헌정할게요! 한때 모성 예찬은 육(肉)의 노예의 도덕일 뿐이라고 비판했던 딸이긴 하지만 이 허망한 작위(爵位) 외에는 제가 아무것도 드릴 게 없어서요…….

파사칼리아

김이듬

발끝으로 공중을 딛고
꿈을 꾸고 난 후에도
거세게 고백한 뒤에도

남녀가 춤을 추었을 것이다
바로크식으로 부모의 포즈로
목에 매달린 여자
허리를 감은 남자
화음의 연쇄
별안간 파트너가 바뀌었을 것이다

사랑의 분배에 시름하느라
다투는 템포 찢어지는 음성에 귀를 막느라
나의 서곡은 우울하고 비참했다
두 여자를 미워하느라 삶을 싸우며 계속했다

두 개의 신격을 버리고 싶었다

차고 딱딱한 인격을 지닌 여자와 격정적인 본성의 여자
깨어 있는 시간을 예지의 순간을 찾는 여자와
남자와 잠들기를 탐닉하는 어여쁜 여자 사이에서

예전처럼 쓸 수가 없다
변주되는 악장처럼 나에게는 두 개의 세계가 끝나간다
판이한 사람들은 아니었던 것 같다
엄마는 성경을 새어머니는 불경을 줄줄 읽었으므로
진리가 나를 사랑하여
원수가 스승이 되어갈 때
내가 피해 가야 할 길을 몸소 보여준 두 여인의 일생을

나는 더 이상 참혹극의 무용수가 아니다
벽에 귀를 대고 가슴을 졸이던 소녀가 아니다
발끝의 세계를 벅차게 날아
웅대한 혼돈을 직시하라

엄마가 많거나 없는 소녀여
이제 네가 춤출 차례다
가슴 내밀고 세계와 키스하자
지긋지긋한 반복 악구
무서운 서곡은 끝난다

시작 메모

나를 만든 건 3할은 어머니, 3할은 새어머니, 3할은 아버지시다. 나머지 1할
은 그들을 제외한 이 세상의 모든 것. 흐느끼며 사랑한다.

엄마의 비누

노혜경

사분
사분

엄마가 한 겹 비닐 벗기고 한 겹 휴지 벗기고 한 겹 기름종이
벗기고
벗기고 이름이 뭔지도 모르는 포장지도 벗기고
꺼내주는 언제 적 사분 한 조각

어떤 기억도 버릴 줄 모르는 엄마처럼
온갖 냄새를 다 먹은 사분 한 조각

한때 엄마도
나를 낳을 만큼 무르익었거니
오래 묵은 사분 냄새처럼
찌들기 전에

손톱처럼 갈라진 이 작은 돌덩이

내 손바닥 온기와 눈물 조금에

깊이 숨겨둔 향기를 풍긴다
언제고 풍성하게 너를 감쌀 준비가 되었다는 듯이

시작 메모
엄마를 규정할 수가 없다.
그래서 엄마 대신 엄마의 비누를 규정한다.
사분은 먼 옛날 동동구리무 시절 엄마들의 호사품 비누였는데, 말라비틀
어진 비누가 엄마의 서랍에서 나왔다.

우는 소년

문정희

초저녁 지하철 계단으로
어린 짐승 울음이 뛰어간다

왜 우느냐?
너 왜 우느냐?
무거운 가방을 등에 메고

엄마 죽지 마! 제발 죽지 마!
조종 소리 울리는 곳으로
한 울부짖음이 뛰어간다

순식간에 비탄의 폭포 범람하는
퇴근길의 지하철 정류장

관을 붙들고 울부짖던
어린 짐승
내 열네 살 가을이 날카롭게 쏟아진다

엄마 죽지 마! 제발 죽지마!
조종 소리 울려는 곳으로
한 울부짖음이 뛰어간다

시작 메모

　청담역 지하철 계단으로 엉엉 울면서 내려가는 뚱뚱한 소년! 오래도록 잊
히지 않는 그의 모습과 비명!

엄마 목소리

신현림

물안개처럼 애틋한 기억이 소용돌이치네
한강다리에서 흐르는 물살을 볼 때처럼
막막한 실업자로 살 때
살기 어렵던 자매들도 나를 위한 기도글과 함께
일이만 원이라도 손에 쥐여주던 때
일이십만 원까지 생활비를 보태준 엄마의 기억이
놋그릇처럼 우네
내주신 전셋돈을 갚겠다 한 날
엄마 목소리는 뜨거운 메아리로 되돌아오네
"살기 힘들어도 그 돈을 내가 받을 수는 없는 거다"

엄마의 말들은 나를 쓰러지지 않게 받쳐준 지지대였네
인생은 잃기만 한 것이 아니라
사랑받았다는 추억이 몸이 어두운 때 불을 밝히고
물기 젖은 따스한 바람을 부르네

밤길 비추는 등불처럼, 백합꽃처럼 아름다웠던 엄마.

좀 더 일찍 경제와 살림에 눈을 떴더라면, 엄마의 책임과 고통을 조금이라도 덜어드렸더라면, 건강을 빨리 챙겨드렸더라면…….

늘 후회되고, 아쉽고, 가슴이 아픕니다. 그리고 눈물이 나요. 늘 그리워서…….

공, 여름 가을 겨울

신혜정

침묵을 위한 밤의 시간이 필요하다, 살다 보면
어떤 빈자리가 있어 나는 그것을 침묵으로 채운다
空이 하나 뜬다, 공중에
가문 땅에 비 내려
흙냄새 올라오듯
그 공, 부스스 잠에서 깨어난다
그녀는 그렇게 아무것도 아닌 것처럼
공기 중으로 사라졌다
흙먼지처럼 잠시 공중에 머물다
붉은 재로 피어났다
나는 여전히 믿지 못하는 눈치다
공이 지나, 계절이 바뀌었다
공 여름 가을 겨울, 봄
나는 다섯 계절을 지나면서
빠르게 계절이 묻히는 것을 보았다
몇 번의 계절이 다시 돌아왔을 때
그때가 가을이었는지, 겨울이었는지, 공이었는지,

아직은 남은 낙엽이 있었던 건지
메마른 대지에 눈물이
여름처럼 떨어진 건
그 계절에나 있었던 일이다
침묵의 긴 밤 동안
하나의 계절이 사라지고 다시
봄이 왔다
희미하게, 나는 그녀의 손에 밴 김치 냄새를
공기 중으로 사라진 그 냄새들을
믿지 못하는 눈치다
식칼로 복숭아를 덥석 잘라 베어 물던
노을 지던 그날의 풍경처럼
눈물도 그만
덥석 베인다
눈물에도 제철이 있는 것이다

시작 메모

  엄마의 손끝에서는 늘 마늘 냄새가 났다. 나는 그런 것들로 그녀를 회상하곤 한다. 냄새들이 아련하게 손끝에 느껴지는 밤에는 오래도록 추억을 응시해야 한다. 그럴 때는 노을 지던 어떤 날의 풍경과도 같이, 희미하게, 그러나 농도 짙은 복숭아 향이 올라오는 것이다.

엄마 김치

유안진

약초 김치 한 통을 선물받았다
쓴맛이 약발이라서
쓴맛을 고스란히 보존했단다
쓴맛 때문에 더 맵게 양념했단다

아들 없어 소박맞은 엄마가
자칭 씀바귀, 잡초라던 시대는 가고
으뜸 반찬 김칫거리로 간택을 받아
오곡 농사보다 힘써 재배된단다

끼니마다 엄마의 부활을 재음미하며
쓴맛으로 얼른 기운 차려서
묻고 따져야 할 항변질문(抗辯質問)을 앞장서라는 듯이
그 절대 유산을 잊어선 안 된다는 듯이
한 통 더 보내주었다

가신 지도 30여 년 벗어난 줄 알았는데

시대적 질문이 유산으로 자랐는가
이제는 그만 억울하고 싶은데, 엄마보다 늙었단 말이야
살아나던 입맛이 천만리 달아났다.

시작 메모

　쓰디썼던 엄마 인생, 그 맛으로 극복했던 엄마, 내 삶에도 양약이 되는 듯.

미역국에 뜬 노란 기름

이근화

친정 엄마가 미역 다발을 끌어안고 오셨다
미역과 엄마의 키가 거의 같았다
발을 질질 끌었을 것이다 미역도 엄마도
등산 배낭에는 얼리지 않은 쇠고기 덩어리가
시뻘건 물을 흘리고 있었다
택시도 버스도 마다하고
쇠고기는 제 살에 다리를 달았을 것이다
여섯 개의 피곤하고 절룩이는 다리들이
저녁의 식탁에 고요히 놓인다
미역국에 뜬 노란 기름은
눈물 같고 고름 같고 죽음 같다
흐르지 않고 동그랗게 고인다
잊지 못하고 되돌아오는 꿈속의 연인들처럼
고독한 순례자처럼
성지에서 터지는 폭탄처럼
폭력적이고 슬프다
한 방향으로만 한 방향으로만

오늘 꿈속에서 당신이 바짝 마른 얼굴로 앓고 있었다
당신을 위해 미역국을 한 그릇 떠서
아슬아슬하게 옮겼다
뜨거운 손가락을 어쩌지 못해 발을 동동거렸다
서둘러 가기에 다리가 부족했다
당신은 식탁이 없고 숟가락이 없고
미역국의 기름을 뜨지 못하고 사라지고 만다
내 어머니의 노란 얼굴을 보지 못하고
여섯 시가 된다

시작 메모
　서기 엄마가 서 있다! 내 미래의 닫힌 문이.

한 숟갈 은(銀)슬픔

이진명

그때 있지도 않은 엄마 때문에 세상한테 큰 빚을 질 뻔했지
은혜 갚으려 평생 순종의 비녀(婢女)를 서원할 뻔했지
엄마를 딱 한 번만 데려와 내 눈앞에 딱 한 번만 세워주세요
생전처럼 그 얼굴 똑바르게 대면, 확인케 해주세요
세상한테 이런 큰 빚 한 번 얻기를 얼마나 청원하고 청원했던가

그때 일요일. 겨울 마당의 눈이 내년 겨울이 다시 오지 않을 것처럼
마당 가운데로 미리 당겨와 가없는 춤을 몰아 추고 있었지
설편들의 가없는 백색 춤, 그 이상한 합동무(合同舞)
소리 죽은 함성의 이상한 원무 속에서 뒤늦은 죄처럼 알아챘지
생사를 겪는 역모에 빈손 청원이란 있을 수 없는 일
청원에 걸맞은 담보로 목숨을 내놓지 않으면 안 된다는 걸
무표정이기만 하던 세상이 묵묵부답이라는 답으로 설편을 거뒀지
오케이, 쌍방 어느 쪽에도 팽팽한 계약 물릴 일이란 없었지
준비의 날짜들이 한 날 한 날 심심한 듯 흐르고

날짜들의 틈새에선 회심의 고소한 내음도 새어 나오고

드디어 D데이
콘크리트 마당이 끓는 여름, 다시 빨간 일요일
십 수 년 동안의 내 청원이 받아들여질 시간
어쩌면 지구 칠십 억 저마다의
숨은 엄마에 대한 숨은 청원이 이루어질 시간
마당 한가운데 가설된 계단을 밟고 단 위에 올라
드디어 천장 단두대 앞에 섰지 무릎 꿇었지
칠십 억 남녀노소 대목격의 불쏘는 눈을 느끼며
서울 코리아, 성북동 언덕배기 막다른 집 마당
노처녀의 벗은 모가지 길게 내어밀면 이제
모가지 떨어짐과 동시에 엄마는 오지 오고 말지
칠십 억 남녀노소 숨죽여 뛰는 얼음의 주시를 깨고
대문간에 섰던 후박나무가 단 아래에까지 건너와 말 걸어줬지
한밤에 정답게 우러르고 내려보며 대화했었던 적처럼 대화 나
눴지

그래도 하나뿐인……
아니, 그렇지도 않아
이날까지 살아온 모양새로 본다면 사실
하나뿐도 못 되는 있으나 마나 한 목이지
목 더 일찍 내놓지 못한 것이 후회될 뿐이지
돌아가 대문간에 다시 선 후박나무가 우정의 웃음을 보내줬지

무량청광. 내려 내리는 이것이 세상 햇빛이라는 것일까
팽창하는 백광 속 막 흑점 하나 떨어졌는데
소용돌이로 소용돌이로 천공 달려오고 있었지
오리라 엄마가 오리라 대면 이루어지고 말리라
생전의 머리 올 하나 틀리지 않게 눈앞에 따악
한 가지만은 생전과 틀리게 오리라 단두의 밀약이므로
개천 다리 건너 무겁게 장 보러 다니던 흙물 든
찌글거리던 플라스틱 장바구니는 떼어놓고 오리라
소용돌이가 갸름한 흰옷의 형상으로 바뀌기 시작했지
흰옷의 형상이 계속 정지로 내려오고 있었시

백열 속 벗어 내어민 모가지는 엄마가 오는 길
무쇠 칼날이 한 번 희번덕 공중을 뛰면 엄마가 온 것
콘크리트 마당이 끓는 여름, 이토록이나 빨갛게 정지한 일요일
대문도 닫히고 말문도 닫히고 구석 화단
다알리아만 고무다라이만 한 다알리아 거울로 열리고
마침내 다알리아 거울 속에서 희번덕 칼날이 공중을 뛰었다

무량청광. 여전한 햇빛 속
모가지가 떨어졌는데 모가지가 떨어지지 않았지
어색해진 모가지를 다시 모가지에 남의 것처럼 움직여 끼우고
마당 가운데 펼쳐졌다 꺼져 날아간 단두대를 봤지
오다가 마저 오지 못하고 꺼져 날아간 엄마를 봤지
아무것도 볼 것 없는 세상을 봤지
빈 콘크리트 마당 기체들의 마른 비듬만 내리고
세상이란 본래 볼 것이 없는 멍텅한 빈 것이라는 걸 알았지
내어줄 무슨 지푸라기 쪼가리도 가지고 있지 않은
세상이란 처음부터 아무 생각이 없는 빈 대가리라는 걸 알

았지
　죽음도 삶도 눈 조각 받아먹듯
　질식의 진흙 울음 찹쌀새알 받아먹듯
　벌려져 받아먹기만 하는 멍청한 빈 입이라는 걸 알았지

　그때 세상한테 큰 빚을 질 뻔했지만 지지 않게 되었다고
　평생 순종의 비녀 되기 서원할 필요 없어졌다고
　오랜 독고(獨孤)의 마음이 벗겨지는 것은 아니었지
　망모(亡母)의 굴형 속 항상 알지 못할 바람이 치는
　굴형 메워지지 않는 이 모든 그리움은 어디에서 오는가
　내 생전에는 이 세상에서 엄마를 다시 볼 수 없다는 것
　죽음이라는 알래야 알 수가 없는 일 모를 줄 모르는 이 가난
한 마음은
　근절되지 않는 가난, 털고 일어날 수 없는 불구가 등 구부린 곳
　전 지구적으로 콘크리트 마당에 몰려와 단두대에 목을 걸어도
　나의, 당신의 숨은 엄마는 오지 않는다 못 온다
　입을 놈이 없었으니 벗은 몸 숨기려 더 가릴밖에는 없는

생전에도 제 몸 돌보지 않더니 죽어서도 제 몸을 모르는 엄마들

그날 과열의 D데이 이후
이전에는 들어가 본 적 없는 나의 깊은 거기에서는
원래 우화 그림책을 펼쳐두고 있는 곳인지 우습게도
맹꽁이와 풍뎅이가 뛰어나와 실감놀이를 하고 있었지
은혜의 큰 빚 한 번 얻기를 두려움으로 간원한 십 수 년
바다와 같이 넓디넓으시다는 말씀 없으신 이 세상이
남북극이 녹아나도록 받아먹은 죽음 중의 한 개도 토해낼 줄 모르는
맹꽁이 중의 맹꽁이 무뇌 맹꽁이라는 걸 무작정 실감했지
사자(死者)를 돌아오게 한다는 박해시대 동굴의 비전(秘傳) 입문자
너무 진지하게 헛일을 꾸미고 너무 진지하게 헛꿈을 꾸며
너무 진지하게 헛물을 들이켜다 헛배 차 나둥그러진
뒤집어진 배때기 쳐들린 두 팔의 허공 경배 입문자 시골 풍뎅이

웃음을 터뜨리지 않을 수 없는 그 시골뜨기 몰골을 무작정 실
감했지

이렇게 그날 D데이 이후
이전에는 들어가 본 적 없는 나의 깊은 거기에서
맹꽁이와 풍뎅이의 실감놀이로 하루가 잘 갔지
세상한테 큰 빚 한 번 져 큰 고등재미 한 번 가져보려 했지만
풍뎅이 같은 하등생물 돼 맹꽁이와 시시덕이는 나날
방어할 두려움 없는 자유 두 번 빚 구할 일 없는 가벼움이었지
그러나 자유와 가벼움의 머리에 쓸쓸은 좀 앉혀야 했지
자유와 가벼움이 쓸쓸 아래 앉았으니 앉은 김에 쓸쓸 방 빗
자루질했지
이 방 빗자루질의 시작이 다시 저를 세상한테
쓸쓸 좀 먹혀가는 일의 시작이 된다는 것쯤은 알았지 알았지만
모가지 날린 고등존재 돼 하늘바다 흐르는 발 없는 비단구름
백색 실크 자락이 없는 발에 감기는 거둘 수 없는 고단함보
나는

시골 풍뎅이 정도의 하등생물로 지상의 남의 집 문간방에 안착
방바닥 맴맴 아침 출근이야 맴맴 저녁 퇴근이네 매앰맴
영문 알 수 없지만 안팎의 음 소거 진공의 소거 영역에서
출퇴근 자취 생활자의 연년을 잘 빗자루질했지

그렇게 그날 D데이 이후
모를 줄 모르는 가난한 마음에서
모를 줄 모르는 마음을 잊는 안심의 나날
봄 햇살이 방문 밖 마당을 계란처럼 구르는 다시 일요일
콘크리트 마당에 계란들이란 역시 불안했던 것일까
불상사처럼 가만, 한 의심이 굴러 왔다
이 안심 다르게 빚지고 있는 일 아닌가 멍청이 세상한테
빚지는 일이라면 질색, 퍼뜩 풍뎅이에서 깨어나 풍뎅이를 밟아
야겠다
  그때 방문 한지를 지나는 개 그림자 같은 더 번진 의심 그림
자가
  단두대 헛꿈놀이 그 실패의 꿈놀이를 한 판 더 시켜보려

한지 문살에 곰팡이 털곰팡이로 꺼멓게 깔려든 것을 보았다
개 그림자야 털곰팡이야
정말은 엄마도 맹꽁이도 풍뎅이도 다 관심 없거든 없어라
했지 방문 한지 네트에 걸려 쭈뼛거리는 해
못 넘는 네트 쳐들어주지 않아도 알아서 담장 너머 떨어지고
어스름이 쌓이는 가만한 방 안 구부린 등 안쪽 바닥
그 바닥이 제자리인 듯 모여온 한 숟갈 은(銀)슬픔
갱도 하나 없는 세상, 십 수 년 모가지로 갱도 내 겨우 캐낸
한 숟갈 오롯한 천연의 것 무취한 물빛의
이 흰 한 숟갈 광석만이 무궁의 빛이고
목숨이 안아야 할 원천의 빛
그 빛, 빛 앞에서만은 평생 비녀 되어도 좋으리 했지
순종의 검은 무릎 검은 비녀 되리 했지

19세 때 엄마가 돌아갔다. 가족의 한 사람이 좀 일찍 가는, 죽음이라는 자연의 변화가 가족사에 일어난 것. 그런데 그게 엄마라서 남겨진 동생 셋과 나, 이 네 아이들이 겪어야 했던 침묵의 6·25. 마치 남북 초토화의 6·25가 다시 일어난 것 같은 세월. 가족의 누구라도 먼저이든 나중이든 죽고, 죽으면 두 번 다시 볼 수 없다. 사회와 학교, 가정 모두에서 죽음에 대한 건전, 건강한 공적 교육이 일찍 이루어져야 한다고 생각한다. 인체학과 더불어 죽음학 같은 교과목이 십 대 청소년들의 교육과정에 정식화되기를 희망한다.

전언

고영

어머니가 애지중지 업어 키우던 애기단풍님을
집으로 모셔왔다 사십구재 날이었다
멀미를 하셨는지 낯가림을 하시는지
아님 전해야 할 어려운 말씀이 있으신지
곱디곱던 단풍잎들의 안색이
어두워 보였다

짠하고 안쓰러운 마음에 화분을 보니
물이 스며들 틈조차 없을 정도로
흙들이 꾹꾹 다져져 있다
어른이라는 허울 속에 숨어 있던 슬픔이
울컥, 치밀어 올랐다

병상에 이불 갈아드리듯
조심스럽게 흙을 파내고 분갈이를 한다
굵은 모래와 깻묵을 섞고
거름흙에 햇볕 한 줌 꺾어 넣고

막내아들의 따뜻한 눈물까지 쟁여 넣고서
더 이상 마르지 마시라고
흠뻑 물을 주고 볕 좋은 베란다에 정중히 모셨다

다음 날 아침
문안 여쭙듯 애기단풍님께 물을 뿌려주는데
화분에서 무언가 반짝이는 것이 보였다
칠순 생신날 내가 끼워드린
어머니의 잃어버린 실반지였다

시작 메모

　어머니가 애지중지 기르시던 애기단풍나무를 혼자 사는 집으로 모시고 와 몇 년째 함께하고 있는데 요즘 들어 영 표정이 좋지 못하다. 말대꾸도 않고……. 가만, 그러고 보니 올해는 꽃도 보지 못했다. 빛깔도 제 본연의 빛깔이 아니다. 관심 밖에 놓인 제 신세를 온몸으로 표현하고 있는 것인가. 어머니가 그리운 탓인가. 아뿔싸! 그러고 보니 올해 한 번도 어머니를 뵈러 가지 못했구나. 그런 나를 꾸짖듯 애기단풍나무가 온몸으로 말을 하고 있는 것이었다.

문어

고영민

문어 한 마리를 사가지고
어머니를 찾아간다
가자, 문어야
엉금엉금 문어가 기어온다
시외버스를 타고 등받이를 뒤로 젖힌 채 누워
나와 문어는 어머니에게로 간다
내가 어쩌다 이 아랫녘,
호미(虎尾)의 바닷가까지 쫓겨 내려와 살게 되고
어머니는 고향도 아닌 첩첩 두메에
늙은 몸을 두게 되었나니
나와 문어는 휴게소에 들러 오줌을 누고 요기를 하고
다시 버스에 올라 어머니에게로 간다
문어는 옆에 앉아 내내 꾸벅꾸벅 존다
실컷 자거라, 문어야
바다 꿈을 꾸어라
이제 너는 돌아가기엔 너무 멀리 와버렸고
차고 깊은 바다가 아닌

큰 솥에 넣어져 삶아져야 할 터
솥뚜껑 사이 너는 필사적으로 다리를 내밀 테지
그 위에 올라타 나는 힘껏 누를 테고
천천히 네가 솥 안으로 주저앉을 때
솥뚜껑 위의 나도 함께 조금씩 내려앉겠지
버스는 꽃 피는 이 마을 저 마을을 돌아 내달리고
축축한 문어의 어깨에 기대어
나도 함께 꾸벅꾸벅 존다
가자, 문어야
펄펄 끓는 내 늙은 어머니에게로

시작 메모
　오늘도 나는 어머니에게로 간다. 가자, 문어야.

엄마의 노을

권대웅

집으로 돌아가는 길이야
회귀본능일 뿐이라구
펄떡거리며 저녁 강을 거슬러 가는 연어들처럼
마지막 생의 행진이야 축제야
투병을 하던 엄마가 창문을 바라보며 말했다
이 세상에 들였던 자기 자리를 거두는데
어찌 안 아플 수가 있니
어떻게 흔적도 없이 갈 수가 있겠니
저 노을처럼 말이야
엄마의 눈가에 노을이 펄럭였다
태양이 지는 자리
엄마의 시간과 추억이 지는 자리
이생에서 얻은 기운을 이생에서 다 쓰고 가듯
허공에 마지막 두 손을 불쑥 내민 엄마의 팔뚝이
저기 강물을 헤쳐 거슬러 가는 연어 같았다
집으로 돌아가는 길이야
먼저 온 사람이 먼저 가는 것뿐이라구

그 위로 노을이 붉게 물들고 있었다

시작 메모

노을을 보면 아프다. 그 속에 엄마의 살결이 나부끼는 것 같다. 저것들은
다 어디로 가는 것일까. 저녁에 돌아가는 것들과 당신이 이 세상에 와서 불
러보았던 엄마! 라는 말은 저 노을 속을 흘러 어느 묘지의 상형문자가 되
는 것일까.

어머니와 봄소풍

김완하

초등학교 1학년 봄소풍에 어머니 따라오셨지요 점심시간 끝난 뒤 선생님 앞으로 모이는 시간 숫기 없는 저는 선생님이 노래를 시킨다 생각해 얼른 못등 뒤로 가 숨었지요

아이들 속에서 저를 발견하지 못한 어머니 급히 가슴 쓸어내리며 여기저기 둘러보셨는데, 저쪽 못등에서 무언가 까만 게 쑥 나왔다 들어가고 쑥 들어갔다 나오기에 자세히 살피다 그게 저라는 걸 알고 어머니 맨발로 달려오셨지요

어머니 지금 아버지와 같은 못등 아래 누워 계시지요 모처럼 고향에 와 못등에 풀 뽑아드리며 생각하니 이렇게 고향 올 때마다 그때 일 잊지 마라 하신 게 아니셨는지요 오늘은 저도 어린 날로 돌아가 어머니 못등 뒤에 숨어보았어요

어머니 아직도 저를 찾으시나요 이제 흰 머리칼 성성한 이 아들 찾으셨나요 오늘은 손자 데리고 고향에 와 못등으로 봄소풍 나왔어요 어머니 숨겨놓으신 보물 찾지 못한 채 서산으로 해가

기우네요

시작 메모

　지금껏 나는 초등, 중등, 고등학교의 소풍에 가서 한 번도 보물을 찾아본 경험이 없다. 생각하니 쉽게 찾을 수 있는 것은 보물이 아니라는 걸. 초등학교 1학년 봄소풍에 함께 가신 어머니.

틀니經文

김응교

화장실 물컵 속에 어머니
빛바랜 분홍빛 세월
엎질러진 보석마냥 빛난다

부엌 구석에 앉아
생선 대가리만 뜯으시고
찬밥 덩어리만 드시던 황소
평생 새벽기도 다니시며
쉴 줄 모르며 절룩거리는 골다공증
손가락 마디마디 쪼그라든 관절염

화장실 물컵에 들어 있는 낡은 어머니

성경이다
팔만대장경이다
여러 굽이
큰 산맥이시다

시작 메모

"대단했단다. 열네 살부터 스물세 살까지
공장 기숙사에서 주야간 고우타이(交代) 노동했지.
밥에 쥐꼬리가 나와서 천여 명이 밥사발을 허공에 던졌어.
떨어지는 밥알이 송이눈 같았단다."

철원제사공장 경기염직 노동자,
어머니 말씀은 내가 처음 읽은 『자본론』10장이었다.
모든 어머니는 인문 고전이다. 경전이다.

어머니의 정성

김주대

아버지보다 일찍 일어나 단장하고, 밤이면 아버지 잠드는 것 보고 옆에 누웠다는 어머니. 아버지한테 한 번도 화장 없는 얼굴을 보여준 적이 없다고 한다. 아버지 앞산에 잠든 지 23년. 앞으로도 영영 어머니는 화장 없는 얼굴을 보여줄 수 없이 되었다.

시작 메모

올해가 어머니 팔순이다. 한 여자의 일생이 거기까지 당도한 것이다. 어머니 더 오래오래 사셔서 저승의 아버지께 민낯이든 단장한 낯이든 아직은 보여주지 마시라.

항아리 앞에서

김태형

산 것으로 어디서 구했는지
한 상자 톱밥 속에서 상기도 억센 참게들
하천 유역이나 바다 가까운 민물
예전엔 논도랑 옆이나 논둑에
구멍 파고 사는 것들 참 많았다는데
어머니는 육십 세월 넘어 부쩍 옛 맛을 그리워한다

가을이면 집집마다
참게장 담그는 일 흔했다 한다
식구들 다 잠들 때 둥근 항아리 꺼내
어둔 눈동자 같은 검은 간장을 달여서 붓는다
돌로 살짝 눌러놓는다

게딱지 같은 판잣집에 피난민들
바글바글 해 뜨면 빈집에
아이들 철편 같은 울음소리만 남던 곳

참게들은 가을밤이면 제 살던 곳을 떠나
해변의 바다로 내려간다 한다
거기서 부화한 참게는
그 이듬해 민물로 올라와 잡식을 하며 생장한단다

게거품처럼 빛바랜 사진 몰래 꺼내 보듯
간장물 자주 달여 식힌 다음 항아리에 부어줘야 한다며
알밴 참게마냥 또 밤잠을 못 이룬다
그 앞에 두 손 모두고 캄캄하게 잠겨드는 이 있다

시작 메모

캄캄하게 젖어들 때가 있다. 그럴 때가 있다. 언젠가는 나도 잠겨들 것이다.
두 손을 가만히 모으고 가만히 무릎을 꿇고 앉아 있으리라. 내 앞에 낮고
길게 다가선 겨울 햇빛을 바라보리라. 그리고 그리워하겠지. 그저 짧은 빛
이 물러가는 창밖만 오래오래 내다보리라.

귀대

도종환

시외버스터미널 나무 의자에
군복을 입은 파르스름한 아들과
중년의 어머니가 나란히 앉아
이어폰을 한쪽씩 나눠 꽂고
함께 음악을 듣고 있다
버스가 오고
귀에 꽂았던 이어폰을 빼고 차에 오르고 나면
혼자 서 있는 어머니를 지켜보던 아들도
어서 들어가라고 말할 사람이
저거 하나밖에 없는 어머니도
오래오래 스산할 것이다
중간에 끊긴 음악처럼 정처 없을 것이다
버스가 강원도 깊숙이 들어가는 동안
그 노래 내내 가슴에 사무칠 것이다
곧 눈이라도 쏟아질 것처럼 흐릿한 하늘 아래
말없이 노래를 듣고 있는 두 사람

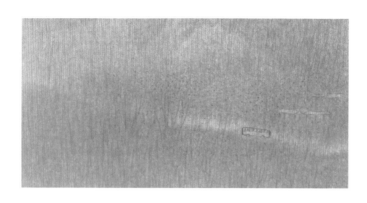

오래오래 스산할 것이다
중간에 끊긴 음악처럼 접치 않을 것이다
버스가 강원도 깊숙이 들어 가는 동안
그 노래 내내 가슴에 사무칠 것이다

시작 메모

　엄마와 아들. 이 인연은 얼마나 깊은 것일까? 얼마나 오래일 것인가? 이 업
　연은. 숙명인. 가장 질긴 끈이기도 한. 그래서 사무치는. 그러면서 스산한.

낱말 하나 사전

류근

내가 버린 한 여자

가진 게 사전 한 권밖에 없고
그 안에 내 이름 하나밖에 없어서
그것만으론 세상의 자물쇠가 열리지 않는다는 것을
가르쳐줄 수조차 없었던,

말도 아니고 몸도 아닌 한 눈빛으로만
저물도록 버려
버릴 수밖에 없었던 한 여자

어머니

끝내 어떠한 믿음에도 대답을 듣지 못한 한 생애가 저물었다. 나는 여전히 그에게 아물지 않은 상처로 살아 남겨져 있다.

메모리얼 파크

박주택

모든 것들이 돌아가는 날에 혼자 서 있네

영전이라 바칠 것은 거리에서 산 꽃뿐
묘비에는 서로 사랑하라 새겨 있지만
노을 지는 산 너머로 떠가는 몇 점 구름
여기는 묘비조차 너무 많네

가장 쓸쓸한 묘비
가장 빛나는 묘비

잔디에 돋은 풀꽃들이
묘석 구석구석에 피어 있을 때
이별이 두려워 정을 떼던 시절을 떠올리네
증오만이 남아 슬픔을 가리어달라고
분노만이 남아 이별을 감추어달라고
보내는 옷가지마다에
보내는 유품들마다에

쓰리고 쓰린 가슴 부비며
흐느끼던 밤을 기억하네

　모든 것은 시작이 있고 끝이 있네.

찬밥

박지웅

나 세상에서 가장 오래된 엄마라는 가엾은 풍습을 아네
나를 낳은 뒤 나의 백성으로 살아가는 여인이
오늘은 목단 이불을 귀까지 쓸어 올리고 잠든 겨울밤
다 퍼주고 이제 찬밥처럼 남은 백발 앞에 나 싸늘히 앉아 쓰
다듬네
자식 오는 길 그 눈 내린 밤길을 비로 쓸어놓았는데
당신 머리에 내린 눈은 녹지도 않고 쓸어내릴 수도 없네
때때로 누워 있는 것을 안으면 뒤늦게 노래 한 줄기가
귓속으로 흘러들어 내가 당신에게 깃들고 맺히던
깊고 아득한 열 달이 아주 멀지도 가깝지도 않게 어른거리네
제 살과 뼈를 밀어 올려 내게 물의 보금자리를 마련해주던
날들
이제는 무릎이 닳아 방바닥도 세상도 온통 얼음판이 되었으나
나를 가졌을 때 당신은 네 개의 무릎을 가진 건강한 짐승이
었네
몸속에 불을 놓아 심장으로 핏줄을 풀어 심장을 짓고
몸 안에 기러기를 풀어 날려 피붙이가 눈 뜨게 해주었네

새끼와 입맛을 맞추느라 석 달을 입덧하고 부른 배를 풀었네

오래전 그날처럼 오늘 당신은 바다와 한 이불을 쓰고

가랑이 사이로 고래가 들어오는 꿈을 꾸는지

새끼 낳던 스물여덟 그 겨울 새벽으로 돌아갔는지

당신은 하늘 높이 사라지고 그 자리에 찬밥 한 그릇만 남아
있네

시작 메모

그 옛날 어린 두 동생이 고무 목욕통에 들어가자, 엄마는 고운 꽃 두 송이
를 씻으며 참 예쁘게 웃었지요. 나는 그 목욕물에 왼손을 담근 채 엄마를
보았어요. 지금도 내 손등에는 그 따뜻한 목욕물이 남아 있어요. 내 따뜻
한 밑천, 엄마.

오래전 그날처럼 오늘 당신은 바다와 한 이불을 쓰고
가랑이 사이로 고래가 들어오는 꿈을 꾸는지
새끼 낳던 스물여덟 그 겨울 새벽으로 돌아갔는지
당신은 하늘 높이 사라지고 그 자리에 찬밥
한 그릇만 남아 있네

입춘

배한봉

암 수술로 위를 떼어낸 어머니
집에 돌아오자 제일 먼저
세간을 하나둘씩 정리했다.

아팠다. 나는
어머니가 무엇인가를 하나씩 버리는 것이 아파서
자꾸 하늘만 쳐다보았다.

파랗게, 새파랗게 깊기만 한 우물 같은 하늘이 한꺼번에
쏟아질 것 같았다.
나는 눈물도 못 흘리게 목구멍 틀어막는 짜증을 내뱉었다.

낡았으나 정갈한 세간이었다.

서러운 것들이 막막하게 하나씩 둘씩 집을 떠나는 봄날이었다.

막막이라는 말이

얼마나 막막한 것인지, 그 막막한 깊이의 우물을 퍼 올리는 봄
날이었다.

그 우물로 지은 밥 담던
방짜 놋그릇 한 벌을 내게 물려주던 봄날이었다.
열여덟 살 새색시가 품고 온 놋그릇이
쟁쟁 울던 봄날이었다.

시작 메모
추위를 뚫고 봄이 들어선 날이었다. 위암 수술받고 귀가하신 어머니의 봄
은 하나씩 세간을 정리했다. 버릴 것은 버리고, 쓸 만한 것은 나눠주고 나
자 없는 살림살이 더욱 간소해졌다. 그때 얻어온 방짜 놋그릇 한 벌. 어머니
일생이 묵직한 황동빛이다.

그 눈빛

손택수

들판에서 알을 품던 물새가 누룩뱀이 다가오자
다리를 절름거리며 병신 시늉을 한다

카메라 속
둥지로부터 저만치
천적의 시선을 돌려보자는 뜻이다
혀를 낼름거리는 아가리 앞에서 절뚝거리는 몸짓이 연기치곤
사뭇 간절하다

코피가 터진 아이를 앞세우고 나타난 주인여자가
내 뺨을 후려치려 팔을 들어 올리기 무섭게
아이고 내 팔자야 서방 복도 없는 년이 자식 복도 없네,
벽에 자신의 머리를 쿵쿵 찧으며 그악스레 통곡을 하시던 어
머니

실성한 것 같은 연기는 어린 내가 봐도 참 실감이 났는데
그 서슬에 놀란 주인여자 물러가며 남긴 말이 병신

육갑이었던가

어디 다친 데는 없는지 산발한 머리로 희묽은 웃음을 물고
겁에 질려 떨고 있던 나를 하염없이 쓰다듬어주던 그 눈빛

시작 메모

　어머니에 관한 이야기나 노래를 다시는 쓰지 않겠다고 작정을 한다. 그래도
쏟아지는 게 어머니다. 어머니의 시다.

부자 부대찌개

윤관영

할머니 돌아, 가셨다
대빗자루가 문 앞에 세워졌다

아비는 멋들어지게
아들은 양 많게, 소시지를 썰었다
심장이 꿀떡꿀떡 뛰던 父子였다

할머니, 가신 후

손바닥으로 도마를 쓸었다
모 심은 논에서 알발을 옮기는 것처럼

떡국떡국,
뜸부기 같은 가슴이 뛰는 부자였다

할머니 돌아가신 후, 부자는
떡국처럼

떡국처럼

도마를 훔쳤다
대빗자루를 들었다

떡국처럼

시작 메모

어머니는 지상에서 가장 높은 이름이다. 그러니 어머니의 어머니인 할머니는 얼마나 높은 이름일 것인가.

황혼녘에 임종하다

이승하

그대 사흘 밤낮을 한마디 말도 없이
곡기 다 끊고 물 한 모금 안 마시고
정신을 놓더니 스르르
눈을 감는구나

시간의 완강한 거부
세상과 절연하는 이 순간이 노을처럼 장엄하다
76년의 삶
길지도 않았고 짧지도 않았지만 그대
불면으로 지새운 밤이 하도 많아서
생명 그래프의 선
황급히 고개 떨어뜨리는 것일까

나 또한 죽을 때를 택하라면
하루해 저무는 황혼녘을 택하고 싶다
하늘이 한껏 충혈될 때
새들은 깃들 곳을 찾아가리

세상의 저쪽 저문 들판에서
목동은 양 떼를 우리로 데려가리

하늘은 핏빛으로 물들어
죽음의 메시지를 만천하에 전하는데
인간으로 살았던 그대 마지막 들숨 날숨을
함께하는 이 시간이 얼마나 정직한지
이 시간만은 얼마나 겸손한지

이승에서 저승으로 가면 그대
새벽녘도 황혼녘도 맞이할 수 없으리
하지만 거기서도 자식 걱정은 하고 있으리
어머니 내 어머니

2007년 2월에 췌장암 합병증으로 돌아가신 어머니. 명절이나 기일이 되면 평소의 불효가 생각나 가슴이 아프다. 철없던 고등학교 1학년 시절, '유서'라고 겉봉에 쓴 편지를 남겨놓고 떠돌이 생활을 하면서 학업을 작파했으니 이 세상에 나보다 더한 불효자식이 또 있을까. 어머니 돌아가시고 나서 물가에서 우는 청개구리가 나다.

엄마에게 쓰는 편지

이재무

엄마 돌아가신 나이 47.
엄마 떠올려 시 쓰고 있는 내 나이 지금 57.
엄마보다 열 살을 더 사는 중입니다.
내가 무럭무럭 늙어갈수록 엄마는 점점 더 젊어지겠지요.
어릴 적 엄마는 나 잘되라고 종아리 아프게 때리시더니
돌아가신 뒤로는 등짝과 아랫배를 달콤하게 때리십니다.
햇살 어지러운 봄날
옛집 뜰에 핀 하얀 목련은 엄마가 부르는 노래이지요?
공활한 가을 하늘 펄럭이며 나는 저 기러기 엄마가 쓰는 필체
이지요?
성하의 녹음은 엄마의 여전한 농업이시고
생전에 못다 운 눈물 저리 눈발로 분, 분, 분 내려서는
층, 층, 층 삼동의 들녘 캄캄하게 채우고 있는 거지요?
꽃에게서 나는 엄마의 음성을 듣고 새에게서 나는 엄마의 안
부를 읽어요.
어느 날 굽어가는 키가 땅에 닿을 때
늙은 자식이 젊은 엄마를 안고 울 날이 올 거예요.

그날이 올 때까지는 매연의 도시에서 뻘뻘 그리움을 흘리며
하얀 노래 섧게 듣고 곡선의 필체 새겨 읽어야 합니다.

시작 메모

실존주의 철학자 하이데거는 존재자들(자연 사물들)을 통해 존재(절대자)를
구현하는 것을 시로 보았는데 나는 이 말을 내 식으로 굴절시켜 존재자들
(자연 사물들)을 통해 어머니를 구현하는 것을 시라고 본다. 내게 어머니는
하나의 신이기 때문이다. 하지만 애석하게도 어머니는 내가 시인이 된 줄도
모르고 너무 일찍 돌아가셨다. 돌아가신 뒤 신이 되셨으니 늦게나마 불효
자가 쓰는 어눌한 시편들을 환하게 읽고 계실 것이다.

어머니 마음

이진우

어머니가 곰이었을 때부터
하늘에서 내려온 아버지와
사랑에 빠질 때까지를
저는 모릅니다

어머니가 눈에 넣어도 안 아픈
어여쁜 딸일 때부터
세 자식 낳을 때까지를
저는 잘 모릅니다

어머니가 자식들
기저귀 갈아 채우고
도시락 싸서 학교 보내고
속을 다 털어
결혼시킬 때까지가
잘 기억나지 않습니다

어머니가 할머니 되어
자식 낳아 길러보니
어미 마음을 알겠느냐고 물어도
저는 아는 게 없습니다

어머니가 기르고 가꾼 세월을 살면서
어머니를 잘 모르겠는 건
못난 자식이 팔푼이인 탓일까요
쓰고 매운 나날들을
속으로 삼키고
씹고 또 씹어
덜고 덜어도 없어지지 않는
달고 차진 밥 지어
늘 바쁘고 배고픈 세상에
밥상을 차려주는 어머니
햇살처럼 흙처럼
주기만 하고

고마움을 바라지 않는

어머니 큰마음 탓일까요

시작 메모

길고양이 어미가 새끼 세 마리를 데리고 마당에 놀러 온다. 먹을 걸 내주면
새끼들이 다 먹은 후에야 어미가 입을 댄다. 자식이 배부르면 먹지 않아도
배부른 어머니 마음은 모든 걸 다 내주고 대가를 바라지 않는 자연 같다.
이런 어머니 마음이 정치와 마케팅에 쓰이며 천박해졌다. 어머니 마음을
더 이상 욕보이지 말아줬으면…….

옻닭

이창수

장터에서 마스크를 쓴 어머니를 만났다
옻닭이 위장에 좋다는 말을 듣고
옻닭을 먹고 옻이 올랐다고 했다
가려움이 심해 병원으로 가던 길이라며
주사를 맞으면 금방 나을 거라 하셨다
옻이 옮을지도 모르니 가까이 오지 말라며
마스크를 쓴 어머니는 얼굴을 보여주지도 않고 사라졌다

겨우내 위장을 앓던 나에게 친구가 옻닭을 끓여주었다
옻닭을 먹은 다음 날 병원에서 주사를 맞았다
젊은 의사는 미련한 짓이라며 다시는 먹지 말라고 했다
위장병은 가난한 어머니가 나에게 보내준 김치통 같은 것
어머니는 마스크로 얼룩을 가리고 계셨다

어머니는 위장을 낫게 하기 위해 옻닭을 드셨다. 온갖 약으로도 위장이 낫질 않아 마지막 처방을 독한 옻으로 선택하신 것이다. 얼굴이 퉁퉁 부은 어머니가 마스크를 쓰고 보건소에 가신다. 아버지는 더듬더듬 이 민망한 상황을 내게 들킨 게 미안한 표정이다.

어느 봄날의 생각, 문득

이흔복

봄, 꽃향기인들 고스란할까
마루 끝에 조으는
어린 고양이 기루어서
봄 그렇게 다, 지나간다

봄이 그래도 아름다운 건
곧 꽃이 지기 때문이라는 생각,
문득

먼동이 후여할 때부터
우리 어머니 눈물은
아래로 흐르고
숟가락은 위로 올라간다

가장 가깝고
가장 사랑하면서도
가장 먼 어머니의 눈물을 닦을 수 있는

유일한 한 사람

어머니를 울게 한
지금은 없는 아우일 뿐
벌써 철들긴 다 틀린
나는 아니다

하늘이 무너진다 해도
목숨이 끊어진다 해도
최후의 순간까지 변하지 않을 사랑
들린다, 들린다
어머니다

어머니는 육신의 근원
내 몸 받은 날로부터
발 헛디뎌 밖에서
안으로 되돌아가는 길은

어머니에게로 가는 길이라는 생각

어머니에게로 가는 길은
내가 가는 것이 아니라
어머니가 나를 받아주는 것이라는 생각,
또한 문득.

시작 메모
　누구냐, 넌? 아프냐, 나도 아프다.
　보헤미안 랩소디, 어쨌든 바람이 분다.

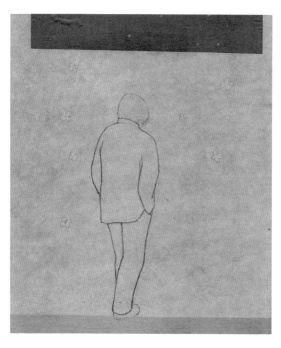

하늘이 무너진다 해도
목숨이 끊어진다 해도
최후의 순간까지 변하지 않을 사랑
들린다, 들린다
어머니다

말년이란 무슨 말인가
— 어머니

장석남

처방전을 내밀고
약을 기다리는 동안
봄이 간다

요양병원 침대 귀퉁이에 앉아
찐빵이 목구멍으로 넘어가는 동안
꽃이 다 졌다

딸네 집 좁은 거실에 들어온 햇빛에
오줌이 번져간다
무안한 얼굴로
무안한 얼굴을 쓸어주려는데

손이 나아가질 않는다
손이 조용하고 따스하게 나아가질 않는다
어머니는 기다리는데

그 멀고 아득한 얼굴은 기다리는데
손이 크고 부드럽게 말을 하지 못한다
손은 묶였고 묶인 채 꼬물거리며 움직이질 않는다

해가 지고 침침하고
흐리고 천둥이 오고 번개가 치고
장대비가 쏟아지기 시작한다
요란하고 거침없는 비다

시작 메모

　내 입술이 처음 닿았을 입술. 내 입술에서 처음 나왔을 이름. 내가 처음 본
　사람. 그리고 맨 나중 나의 입술이 닿고 싶은 사람.

샘

전윤호

군대 간 아들이 보고 싶다고
자다 말고 우는 아내를 보며
저런 게 엄마구나 짐작한다
허리가 아프다며 침 맞고 온 날
화장실에 주저앉아 아이 실내화를 빠는 저 여자
봄날 벚꽃보다 어지럽던
내 애인은 어디로 가고
돌아선 등만 기억나는 엄마가 저기 있나

시작 메모
  다들 가졌지만 그렇지 못한 사람은 아픈 법이다. 평생 가시지 않는 통증
이다.

엄마는 오지 않는다

정병근

엄마는 한 번도 오지 않는다

광주리에 뙤약볕을 이고
갔고 등 뒤로 밭고랑을 밀며
갔고 베틀에 앉아 삼베를 짜며
갔고 강철 솥에 김을 펄펄 피우며 갔다

부지런히, 참 멀리 갔다
어린 우리를 보듬고 찍은
흑백사진 속 엄마도 참 멀리 갔다

무엇이 그리 급했는지
바람풍으로 캄캄하게 누워
냄새로 우거지다가 무섭게 무섭게
활활 타며 엄마는 갔다

엄마는 오지 않고 다만 가는 사람

내 죄를 다 뒤집어쓰고 가는 사람
가고 난 뒤에 비로소 없는 사람
엄마는, 다 끝나고
식후 30분처럼 쓸쓸한 이름

가파르고 어긋난 내 속도로는
엄마 간 곳에 다다를 수 없어
아무리 생각을 멀리멀리 달려가도
나의 엄마 최. 춘. 자 씨는 참 안 온다

시작 메모

어머니께서는 중풍으로 10년 가까이 누워 계시다가 돌아가셨다. 아버지께
서 어머니를 간병하셨다. 코로 연결된 관을 통해 미음을 넣으셨다. 어머니
는 그 캄캄한 시간을 무슨 생각을 하며 견디셨을까. 불효자가 뒤늦게 당신
의 이름을 불러봅니다.

어머니의 詩

정일근

어머니 오랜 병석에 누웠다가
은현리 마당으로 나왔다

빨간 양앵두 몇 알 따서
입에 넣고 중얼거린다

― 시다 시

양앵두가 제대로 익지 않았나 보다

나는 어머니 있어 시인이 되었고
어머니 말씀 받아 시를 쓴다

어머니 팔순 인생에서 또 한 줄 시가 온다

― 詩다 詩

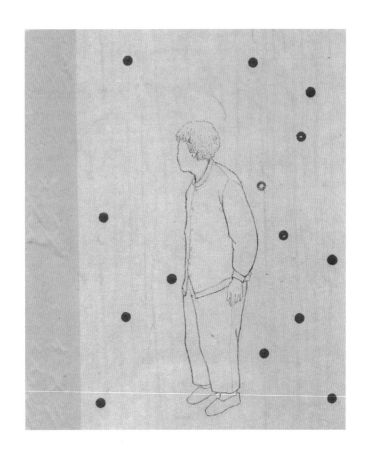

시작 메모

내게 생명을 준 어머니. 내게 시를 준 어머니. 어머니만 한 스승이 어디 있겠나.

팔월의 정원

정한용

꽃이 환하네요, 어머니, 개망초인지 애기망초인지, 뜨거운 여름빛에 새하얗게 부서져요, 저기 산나리인지 땅나리인지, 노랗게 웃는 애들도 있어요, 이게 다 어머니 얼굴이면 좋겠어요.

아범아, 내 생전에 화단 가꾸길 좋아했잖니, 여기는 온 산천에 꽃이 지천이구나, 망초 나리 쑥대 칡꽃도 피었네, 푸른색 붉은색 흰색 보라색으로, 이만하면 혼자 사는 정원이 호사스럽구나.

텅 빈 건 외로운 거니까, 여기 자주 못 오는 거, 탓하시는 거, 다 알아요, 꽃뿐인가요, 닥나무 뿌리도 슬며시 어머니 산소 밑동까지 닿았는걸요, 죄송해요, 올 추석에도 동생은 못 올 거라 하던데.

어디 사는 일이 녹록하겠니, 며느리 손자 다 잘 있겠지만, 그리고 아범아, 생전에 부르던 대로 '엄마'라고 해봐라, 오늘은 여기 무덤가에 우리 둘뿐이구나, 둘만으로도 꽉 찼구나.

망초 몇 점 남겨둘까요, 밭둑을 넘어와 토실하게 맺힌 호박도, 그냥 둘게요, 엉겅퀴는 자색 꽃이 예뻐서, 엄마 좋아하시지만, 뽑아내야겠어요, 남이 보면 벌초도 안 했다 흉볼 거 같아요.

　벌써 해가 기울었네, 늦기 전에 그만 돌아가렴, 아범아, 난 여기서 시간 많고 심심하니, 밤새 내가 다 뽑으마, 나리와 산수국 두 줄은 세워둘게, 난 무성한 게 좋은데, 아범 욕먹을라.

시작 메모
　어머니 산소에 벌초하러 갔더니, 망초꽃이 가득했다. 혹시 이게 어머니가 가꾸시는 꽃밭은 아닐까 생각이 들어, 몇 대궁은 베지 않고 남겨두었다.

묵주(黙珠)

정해종

묵주를 손에 쥐고 엄마는 오래 아팠고
난 시를 품고 또 오래 앓았다
멈춰버린 계절에 하염없는 비가 내렸고
우린 갈 곳 모르던 처마 밑 가축이었다
그렁한 내 눈길을 묵묵히 핥았을 뿐
엄마는 그냥 어미였다, 어미
어미와 나는 말을 알약처럼 삼켰다
달리 해야 할 말이 있었던 것도 아니었지만
이건, 처음부터 말이 안 되는 관계였다

빙하 같았던 대지가 솜사탕처럼 풀어지던 날
어미를 묻고 돌아서서 난 시인이 되었다
그러니까, 내게 시는 묵주 같은 것인데
생의 연안을 떠도는 침묵의 기도 같은 것인데
묵주는 온데간데없고 덜렁 시만 남았다
엄마를 어머니라 부른 적 없는데
왜 아버지를 아빠라 부른 적 없는지

내게 남은 시가 꼭 아버지 같았다
핥거나 그렁그렁 바라볼 수 없었다
아무래도, 난 말을 너무 많이 배웠다
어미의 손에 쥐여 있던 묵주는 알까
처음부터, 말이 안 되는 게 시였다는 걸
말을 버리고 가축으로 돌아가야 한다는 걸

시작 메모

  영면에 드는 순간에도 손에 꼭 쥐고 계시던 묵주. 어머니는 그 침묵의 기도
로 내게 시를 가르쳤다.

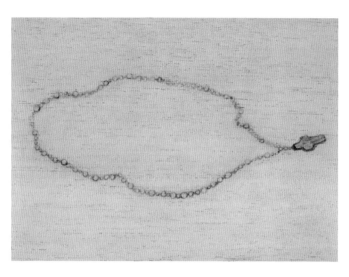

아무래도, 난 말을 너무 많이 배웠다
어미의 손에 쥐여 있던 묵주는 알까
처음부터, 말이 안 되는 게 시였다는 걸

마더

조동범

 그곳은 이국의 해안가가 아닙니다. 휴양지의 빛나는 태양도, 아름다운 파도도 그곳에는 없습니다. 정박할 수 없는 여객선만이 침몰을 거듭하고요. 익숙한 듯 파도는 밀려오고 물러나지만, 당신이 바라보는 바다로부터 당신의 세월은 말라버린 서글픈 자궁이 됩니다.

 수장된 오전으로부터 당신의 최초는 더 이상 사라지고 없습니다. 해안가에는 죽어버린 물고기 떼가 눈물도 없이 피어오르고, 깊은 바다를 기억하는 발자국만이 첨벙첨벙, 문득 뒤를 돌아, 당신을 바라보고 있습니다. 당신은 썰물처럼 빠져나간 자궁을 흐느끼며, 잉태하지 못할 미래를 예감합니다.

 해안선을 따라 바람은 초조하고, 수많은 당신들은 눈물을 흘리며 되돌릴 수 없는 세월을 흐느낍니다. 세월이 흐르면 죽음에 이르지 못한 자들의 무덤에도 꽃은 피어오르지만, 수많은 울음들은 이윽고 사라지고 영원히 잊히지 않습니다.

방파제 위에 한 여자가 앉아 있습니다. 등대를 바라보며 한 여자는 죽음에 이를 수조차 없습니다. 세월을 어루만지며 한 여자는 텅 빈 자궁을 흐느낍니다. 그리하여 수많은 한 여자의 가슴에서 죽어버린 아이들의 울음은 영원토록 서성입니다. 수많은 한 여자들의, 단 하나의 심박이 두근거리며

  여전히 수장된 과거를 흐느낍니다.

시작 메모

  지난봄 세월호 사건이 있었고, 그 사건은 아직도 해결되지 못한 채 여전히 진행 중이다. 세월호 희생자의 수많은 어머니들에게 이 시를 바친다.

끝나지 않을 노래

조현석

사월 초파일 세종로 거리를 걸어간다네
붉은 연등(燃燈) 불빛 속으로 들어간다네
연등의 체념으로 온몸이 흔들린다네

잘 살아 있어요 아침 굶고 점심 지나 저녁쯤 소주 두서너 잔
과 컵라면에 찬밥 먹지 말고 막 지은 따순 밥 먹으라는데……
오늘 무얼 먹었느냐 물어오면 따로 할 말 없지요 티끌만큼 작다
여기던 사랑도 고봉밥만큼 크게 안고 살아가야죠

길었던 식물인간의 백 일 밤낮을 뜬눈으로 지새웠네
마른 눈물 담긴 반달은 늘 서녘 하늘에 걸렸었네
마지막 숨을 몰아쉬면서도 결국 반쯤 눈 뜨고 있었네

큰 사랑은 작게 생각하라 그리 달가운 소리 아니지요 무덤덤
하게 마지막으로 한 번 내뱉던 숨소리 잦아든 아침 짧았지요 이
별은 더욱 짧게 그게 잘 살아가는 거라는데…… 꿈속에서라도
잘 가요 부처님 오신 다음 날 보여주던 검붉은 일몰

비통 지나 비원(悲願)으로 연등은 흔들린다네
오색 연등 침묵 속으로 들어간다네
사월 초파일 세종로 거리 걸어간다네

시작 메모

뇌졸중으로 쓰러지고 장례까지 백 일 넘어 한 번도 정신이 돌아오지 않았던 어머니. 마지막 뵈었을 때 술 많이 마시지 말고 밥은 꼭 챙겨 먹고 다니라는 말. 그 약속, 고봉밥은 아니지만 아직도 잘 지키고 있다.

어머니

함민복

나무는
강풍에
땡볕에
저리
보이지 않게
그늘을
들고
있었구나

시작 메모

나무 그림자 위에서 쉬다가, 나무 그늘을 생각해보았다. 그늘은 평면이 아니라 입체다. 한 채의 공간이다. 그 위가 아니라 그 속에 드는 것이다. 그늘은 품이다.

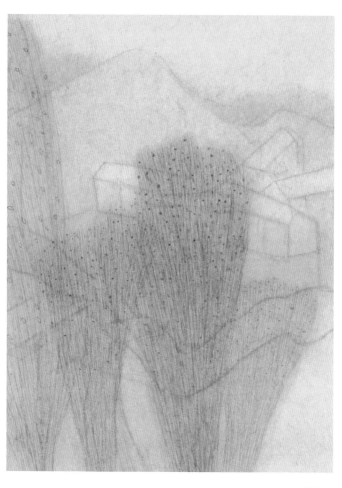

나무는
그늘을 들고 있구나

시인 소개 (가나다순)

강은교

1945년 함남 홍원에서 출생. 연세대학교 영문학과 및 동 대학원 국문학과를 졸업(문학박사)했다. 1968년 『사상계』 신인문학상으로 등단했으며, 시집으로 『허무집』 『풀잎』 『빈자일기』 『소리집』 『등불 하나가 걸어오네』 『시간은 주머니에 은빛 별 하나 넣고 다녔다』 『어느 별 위에서의 하루』 『벽 속의 편지』 『초록거미의 사랑』 『바리연가집』 등을 출간했다. 시산문집으로 『젊은 시인에게 보내는 편지』 『무명 시인에게 보내는 편지』 『시에 전화하기』 등이 있으며, 에세이로 『추억제』 『그물 사이로』 『잠들면서 잠들지 않으면서』 『허무수첩』 『사랑법』, 그 외의 역서로 『예언자』 『소로우의 노래』 등이 있다. 한국문학작가상, 현대문학상, 정지용문학상, 유심작품상, 박두진문학상 등을 수상했다.

고영

1966년 경기 안양에서 태어나 부산에서 성장했다. 2003년 『현대시』로 등단했으며 시집으로 『산복도로에 쪽배가 떴다』 『너라는 벼락을 맞았다』 등이 있다. 현재 계간 『시인동네』 발행인을 맡고 있다.

고영민

1968년 충남 서산에서 태어났고, 2002년 『문학사상』으로 등단했다. 시집으로 『악어』 『공손한 손』 『사슴공원에서』가 있다.

고은

시인 생활 50여 년. 시집 여럿.

권대웅

1988년 『조선일보』 신춘문예 시 부문에 「양수리에서」가 당선되어 문단에 나왔다. 『당나귀의 꿈』과 『조금 쓸쓸했던 생의 한때』 등의 시집을 냈으며, 몇 권의 산문집과 동화책을 출간했다.

김명리

1959년 대구에서 태어났으며, 1984년 『현대문학』으로 등단했다. 시집으로 『물 속의 아틀라스』 『물보다 낮은 집』 『적멸의 즐거움』 『불멸의 샘이 여기 있다』 등이 있다.

김승희

1973년 『경향신문』 신춘문예에 시가 당선되었고, 1994년 『동아일보』 신춘문예에 단편소설이 당선되어 문단에 나왔다. 시집으로 『왼손을 위한 협주곡』 『달걀 속의 생』 『냄비는 둥둥』 『희망이 외롭다』 등이 있고, 나남문학선으로 『흰 나무 아래의 즉흥』, 연구서로 『이상 시 연구』 『코라 기호학과 한국시』 등이 있으며, 소설집으로 『산타페로 가는 사람』이 있다.

김완하

1987년 『문학사상』 신인상으로 등단했다. 시집으로 『길은 마을에 닿는다』 『그리움 없인 저 별 내 가슴에 닿지 못한다』 『네가 밟고 가는 바다』 『허공이 키우는 바다』 등이 있고, 시선집으로 『어둠만이 빛을 지킨다』가 있다. 그 밖의 저서로는 『한국 현대시의 지평과 심층』 『한국 현대시와 시정신』 등이 있다. 시와시학상 젊은시인상, 대전시문화상 등을 수상했고, 현재 한남대학교 문예창작학과 교수다.

김응교

연세대학교 신학과를 졸업하였고, 연세대학교 국문학과에서 박사학위를 받았다. 1987년 『분단시대』에 시를 발표하고, 1990년 『한길문학』 신인상을 받았다. 1991년 「풍자시, 약자의 리얼리즘」을 『실천문학』에 발표하면서 평론 활동도 시작했다. 1996년 도쿄외국어대학을 거쳐, 도쿄대학원에서 비교문학을 공부했고, 1998년 와세다대학 객원교수로 임용되어 10년간 강의했다. 2014년 현재 숙명여자대학교 교양교육원 교수다. 시집으로 『씨앗/통조림』과 평론집으로 『한일쿨투라』 『한국시와 사회적 상상력』 『박두진의 상상력 연구』 『시인 신동엽』 등이 있다.

김이듬

2001년 계간 『포에지』로 등단했다. 시집으로 『별 모양의 얼룩』 『명랑하라 팜 파탈』 『말할 수 없는 애인』 『베를린, 달렘의 노래』 『히스테리아』 등이 있다. 장편소설로 『블러드 시스터즈』가 있다. 시와세계작품상, 김달진 창원문학상, 올해의좋은시상 등을 수상했다.

김종철

1947년 부산에서 태어났고, 2014년 7월 5일에 작고했다. 1968년 『한국일보』 신춘문예와 1970년 『서울신문』 신춘문예 시 부문에 당선되었다. 시집으로 『못에 관한 명상』 『못의 귀향』 『못의 사회학』 등이 있다. 제13회 정지용문학상, 제3회 편운문학상, 제6회 윤동주문학상, 제12회 한국가톨릭문학상, 제13회 박두진문학상, 제12회 영랑시문학상 등을 수상했다.

김종해

1941년 부산 출생. 1963년 『자유문학』과 『경향신문』 신춘문예에 당선되어 문단에 나왔다. 시집 『눈송이는 나의 각을 지운다』 『봄꿈을 꾸며』 『풀』 『별똥별』 『항해일지』 『바람부는 날은 지하철을 타고』 등이 있다. 현대문학상, 한국문학작가상, 한국시협상 등을 수상했다.

김주대

1965년 경북 상주에서 태어났다. 1989년 『민중시』와 1991년 『창작과비평』에 시를 발표하며 작품 활동을 시작했다. 시집으로 『도화동 사십 계단』 『꽃이 너를 지운다』 『나쁜, 사랑을 하다』 『그리움의 넓이』 등이 있다. 1991년 심산문학상, 2013년 성균문학상을 수상했다.

김태형

1971년 서울에서 태어났다. 1992년 『현대시세계』에 시가 당선되어 작품 활동을 시작했다. 시집으로 『로큰롤 헤븐』 『히말라야시다는 저의 괴로움과 마주한다』 『코끼리 주파수』, 시선집으로 『염소와 나와 구름의 문장』, 산문집으로 『이름이 없는 너를 부를 수 없는 나는』 『아름다움에 병든 자』 등이 있다.

노혜경

1991년 『현대시사상』으로 등단했다. 시집으로 『새였던 것을 기억하는 새』 『뜯어먹기 좋은 빵』 『캣츠아이』 등이 있다.

도종환

충북 청주에서 태어났다. 그동안 『고두미 마을에서』 『접시꽃 당신』 『당신은 누구십니까』 『부드러운 직선』 『슬픔의 뿌리』 『흔들리며 피는 꽃』 『해인으로 가는 길』 『세시에서 다섯시 사이』 등의 시집과 『사람은 누구나 꽃이다』 『그대 언제 이 숲에 오시렵니까』 『꽃은 젖어도 향기는 젖지 않는다』 『너 없이 어찌 내게 향기 있으랴』 등의 산문집을 냈다. 신동엽창작상, 정지용문학상, 윤동주상문학부문 대상, 백석문학상, 공초문학상, 신석정문학상 등을 수상했다.

류근

중앙대학교 문예창작학과를 졸업하고 같은 과 박사과정을 수료했다. 1992
년『문화일보』신춘문예 시 부문에 당선되어 등단했다. 시집으로『상처적
체질』과 산문집『사랑이 다시 내게 말을 거네』가 있다.

문인수

1945년 경북 성주 출생. 1985년『심상』으로 등단했다. 시집으로『쉐치는
산』『배꼽』등 11권이 있으며, 제7회 미당문학상 등을 수상했다.

문정희

1969년 『월간문학』 신인상으로 등단했다. 시집으로『오라, 거짓 사랑아』
『나는 문이다』『다산의 처녀』『카르마의 바다』외 시선집 등 저서가 많다.
현대문학상, 소월시문학상, 육사시문학상, 스웨덴 '시카다' 상 등을 수상했
다. 현재 동국대학교 석좌교수로 있다.

박주택

1959년 충남 서산에서 태어났으며 경희대 국문학과 및 동 대학원을 졸업했
다. 1986년『경향신문』신춘문예로 등단하여『꿈의 이동건축』『방랑은 얼
마나 아픈 휴식인가』『사막의 별 아래에서』『카프카와 만나는 잠의 노래』
『시간의 동공 』『또 하나의 지구가 필요할 때』등의 시집을 발표했다. 시론
집으로『낙원 회복의 꿈과 민족 정서의 복원』과 평론집『반성과 성찰』『붉
은 시간의 영혼』『현대시의 사유구조』등을 펴냈으며 현대시작품상, 이형
기문학상, 소월시문학상 등을 수상했다. 현재 경희대학교 국문학과 교수로
있다.

박지웅

2004년『시와사상』신인상, 2005년『문화일보』신춘문예 시 부문에 당선되
어 문단에 나왔다. 시집으로『너의 반은 꽃이다』『구름과 집 사이를 걸었
다』가 있다.

배한봉

1998년『현대시』로 등단했다. 시집으로『흑조(黑鳥)』『우포늪 왁새』『악기점』『잠을 두드리는 물의 노래』등이 있고, 산문집으로『우포늪, 생명과 희망과 미래』등이 있다. 현대시작품상, 소월시문학상 등을 수상했다. 현재 경희대학교 강사, 격월간『시사사』공동 주간이며, 우포늪 홍보대사로 활약하고 있다.

손택수

1970년 전남 담양에서 태어나 경남대학교 국문학과와 부산대학교 대학원을 졸업했다. 1998년『한국일보』신춘문예에「언덕 위의 붉은 벽돌집」이 당선되면서 작품 활동을 시작했다. 시집으로『호랑이 발자국』『목련 전차』『나무의 수사학』등이 있다. 신동엽창작상, 오늘의젊은예술가상, 임화문학예술상, 노작문학상 등을 수상했다.

송수권

1940년 전남 고흥에서 태어나 순천사범과 서라벌예대를 졸업했다. 1975년에 〈山門에 기대어〉등의 작품으로『문학사상』신인상에 당선되어 문단 활동을 시작했다. 시집으로『산문에 기대어』『꿈꾸는 섬』『아도』『남도의 밤식탁』『빨치산』『퉁』『사구시의 노래』등이 있고, 장편서사시집으로『달궁아리랑』, 시선집으로『시골길 또는 술통』및 기타 저서 50여 권이 있다. 소월시문학상, 정지용문학상, 영랑시문학상, 김달진문학상, 한민족문화예술대상, 만해님시인상, 김삿갓문학상, 구상문학상 등을 수상했다. 현재 한국풍류문화연구소장, 순천대 명예교수로 있다.

신현림

시인이자 사진작가. 시집으로는『지루한 세상에 불타는 구두를 던져라』『세기말 블루스』『해질녘에 아픈 사람』『침대를 타고 달렸어』, 영상에세이『나의 아름다운 창』『신현림의 너무 매혹적인 현대미술』『매혹적인 현대사진』, 최근 감성 에세이『다시 사랑하고 싶은 날』과 장기 베스트셀러로 사랑받는 세계시모음집『딸아, 외로울 때는 시를 읽으렴 1, 2』『시가 너처럼 좋아졌어』가 있다. 동시집으로 교과서에 실린『초코파이 자전거』『옛 그림과 뛰노는 동시놀이터』『세계명화와 뛰노는 동시놀이터』, 사진전으로『아我! 인생찬란 유구무언』『사과여행』등과 세 번째 사진전 〈사과밭 사진관〉으로 2012년 울산국제사진페스티벌에서 한국 대표작가 4인 중 한 명으로 선정되었다.

신혜정

2001년『서울신문』신춘문예로 등단했다. 시집으로『라면의 정치학』, 옮긴 책으로『시크한 그녀들의 사진촬영 테크닉』이 있다.

오세영

전남 영광에서 태어나, 전남 장성, 전북 전주에서 성장했다. 1965년과 1968년『현대문학』추천으로 등단했다.『바람의 그림자』『마른하늘에서 치는 박수소리』등의 시집과『시론』『한국현대시 분석적 읽기』등의 학술서적 수십 권을 출간했다.

유안진

1965년『현대문학』으로 등단했다.『달하』『다보탑을 줍다』『둥근 세모꼴』등 16권의 시집과『세한도 가는 길』등 다수의 시선집,『지란지교를 꿈꾸며』『딸아딸아 연지딸아』『상처를 꽃으로』등 산문집을 여러 권 출간했다. 한국시협상, 정지용문학상, 소월시문학상 특별상, 목월문학상, 구상문학상, 윤동주문학상, 유심작품상, 펜문학상 등을 수상했다. 현재 서울대학교 명예교수이며, 대한민국예술원 회원이다.

윤관영

1996년『문학과사회』로 등단하여 작품 활동을 시작했다. 시집으로『어쩌다, 내가 예쁜』이 있고, 한국시인협회 젊은시인상을 수상했다.

이건청

1967년『한국일보』신춘문예로 등단했다. 시집으로『굴참나무숲에서』
『반구대 암각화 앞에서』『소금창고에서 날아가는 노고지리』등이 있다. 한
양대학교 명예교수이며, 한국시인협회 회장을 역임했다.

이근화

1976년 서울에서 태어났으며, 2004년『현대문학』으로 등단했다. 시집으로
『칸트의 동물원』『우리들의 진화』『차가운 잠』이 있다. 김준성문학상, 현대
문학상 등을 수상했다.

이승하

1984년『중앙일보』신춘문예로 등단했다. 시집으로『인간의 마을에 밤이
온다』『불의 설법』등이 있다. 문학평론집으로『한국문학의 역사의식』『집
떠난 이들의 노래』등이 있으며, 대한민국문학상, 지훈상, 시와시학상 등을
수상했다. 현재 중앙대학교 문예창작학과 교수로 재직 중이다.

이재무

1958년 충남 부여에서 태어나 1983년『삶의 문학』을 통해 등단했다. 시집
으로『섣달그믐』『온다던 사람 오지 않고』『벌초』『몸에 피는 꽃』『시간의
그물』『위대한 식사』『푸른 고집』『저녁 6시』『경쾌한 유랑』『슬픔에게 무
릎을 꿇다』등이 있다. 윤동주문학상, 소월시문학상 등을 수상했다.

이진명

1955년 서울 출생. 서울예대 문예창작과를 졸업했으며, 1990년 계간『작
가세계』제1회 신인상으로 등단했다. 시집으로『밤에 용서라는 말을 들었
다』『집에 돌아갈 날짜를 세어보다』『단 한 사람』『세워진 사람』등이 있으
며, 일연문학상, 서정시학작품상 등을 수상했다.

이진우

1965년 경남 통영에서 태어났다. 고려대학교 철학과를 졸업했으며, 1989
년『현대시학』으로 등단했다. 시집으로『슬픈 바퀴벌레 일가』『내 마음의
오후』 등이 있다.

이창수

1970년 전남 보성에서 태어났다. 광주대학교 문예창작학과를 졸업하고 중
앙대학교 문예창작학과에서 박사과정을 수료했다. 2000년『시안』으로 등
단하면서 작품 활동을 시작했다. 지은 책으로『강가에 오면』『소주 찬 사
랑 찬』『물오리 사냥』『귓속에서 운다』가 있다.

이흔복

1986년 문학무크지『민의』로 등단했다. 시집으로『서울에서 다시 사랑을』
『먼 길 가는 나그네는 발자국을 남기지 않는다』『나를 두고 내가 떠나간
다』 등이 있다.

장석남

인천 덕적에서 태어나 서울예술대학교 문예창작과를 거쳐 한국방송통신
대학교, 인하대학교 대학원 국문학과 박사과정을 수료한 후 현재 한양여자
대학교 문예창작과 교수로 재직 중이다. 1987년『경향신문』 신춘문예에
「맨발로 걷기」가 당선되어 등단했으며, 1991년 첫 시집『새떼들에게로의
망명』으로 김수영문학상을, 1999년「마당에 배를 매다」로 현대문학상을
수상했다.『지금은 간신히 아무도 그립지 않을 무렵』『젖은 눈』『왼쪽 가슴
아래께에 온 통증』『미소는, 어디로 가시려는가』『뺨에 서쪽을 빛낸다』『고
요는 도망가지 말아라』 등의 시집과『물의 정거장』『물 긷는 소리』 등의 산
문집이 있다.

전윤호

1991년『현대문학』의 추천을 받아 등단, 20년 동안 담담하고도 서정성이 돋보이는 시를 선보였다. 2002년 시와시학 젊은시인상을 수상했다. 시집으로『이제 아내는 날 사랑하지 않는다』『순수의 시대』『연애소설』『늦은 인사』, 여행 에세이『나에게 주는 여행 선물』이 있다.

정병근

1962년 경북 경주에서 태어나 동국대학교 국문학과를 졸업했다. 1988년『불교문학』과 2001년『현대시학』에 작품을 발표하며 활동을 시작했다. 시집으로『오래 전에 죽은 적이 있다』『번개를 치다』『태양의 족보』등이 있고, 제1회 지리산문학상을 수상했다.

정일근

1984년『실천문학』과 1985년『한국일보』로 등단했다. 시집으로『바다가 보이는 교실』『기다린다는 것에 대하여』『방!』등이 있다. 김달진문학상, 육사시문학상, 소월시문학상을 수상했으며, 현재 경남대학교 교수다.

정진규

1939년 경기도 안성 출생. 1960년『동아일보』신춘문예로 등단했다. 시집으로『마른 수수깡의 平和』『몸詩』『알詩』『도둑이 다녀가셨다』『本色』『껍질』『공기는 내 사랑』『사물들의 큰언니』『무작정』, 육필시집『淸洌集』, 한국대표명시선100『밥을 멕이다』, 한국현대시인총서『정진규 시 읽기 本色』등이 있다.

정한용

1958년 충북 충주에서 태어났다. 1980년『중앙일보』신춘문예(평론)와 1985년『시운동』(시)으로 작품 활동을 시작했다. 시집으로『흰 꽃』『유령들』등이 있고, 평론집으로『울림과 들림』등이 있으며, 천상병시문학상 등을 수상했다.

정해종

『문학사상』 신인상에 당선되면서 작품 활동을 시작했다. 시집으로 『우울증의 애인을 위하여』 『내 안의 열대우림』이 있고, 산문집으로는 『터치아프리카』 『디스 이즈 아프리카』가 있다.

정호승

1950년 경남 하동에서 태어나 대구에서 성장했다. 1973년 『대한일보』 신춘문예에 시가 당선되면서 작품 활동을 시작했다. 시집으로 『슬픔이 기쁨에게』 『서울의 예수』 『별들은 따뜻하다』 『외로우니까 사람이다』 『여행』 등이 있다. 소월시문학상, 정지용문학상, 편운문학상, 상화시인상 등을 수상했다.

조동범

1970년 경기도 안양에서 태어나 2002년 『문학동네』 신인상을 받으며 작품 활동을 시작했다. 시집으로 『심야 배스킨라빈스 살인사건』 『카니발』이 있으며, 평론집 『디아스포라의 고백들』 『4년 11개월 이틀 동안의 비』, 산문집으로 『나는 속도에 탐닉한다』 등을 펴냈다.

조현석

1988년 『경향신문』 신춘문예에 시 「에드바르트 뭉크의 꿈꾸는 겨울스케치」로 등단했다. 시집으로 『에드바르트 뭉크의 꿈꾸는 겨울스케치』 『불법, …체류자』 『울다, 염소』 등을 출간했다. 도서출판 북인 대표이자, 소설 전문 계간지 『소설문학』의 발행인이다.

최돈선

1970년 『월간문학』 신인상 당선과 1971년 『동아일보』 신춘문예 동시 당선으로 작품 활동을 시작했다. 시집으로 『칠년의 기다림과 일곱 날의 생』 『허수아비 사랑』 『물의 도시』 『나는 사랑이란 말을 하지 않았다』와 산문집 『외톨박이』 『너의 이름만 들어도 가슴속에 종이 울린다』 등이 있다.

함민복

1962년 충북 중원군 노은면에서 태어났으며, 서울예술대학교 문예창작과를 졸업했다. 1988년에 「성선설」 등을 『세계의 문학』에 발표하며 등단했다. 시집으로 『우울氏의 一日』 『자본주의의 약속』 『모든 경계에는 꽃이 핀다』 『말랑말랑한 힘』 『눈물을 자르는 눈꺼풀처럼』 등이 있다. 오늘의 젊은예술가상, 애지문학상, 김수영문학상, 박용래문학상, 윤동주문학대상 등을 수상했다.

흐느끼던 밤을 기억하네

초판 1쇄 발행   2015년 1월 9일
초판 4쇄 발행   2016년 5월 27일

지은이   고은 · 강은교 외
그린이   서숙희
펴낸이   이수철
주간   신승철
편집   윤혜준
디자인   씨오디
마케팅   정범용
관리   전수연

펴낸곳   나무옆의자
출판등록   제396 - 2013 - 000037호
주소   서울시 마포구 성미산로1길 67 다산빌딩 301호(03970)
전화   02) 790 - 6630 ~ 2
팩스   02) 718 - 5752

페이스북   www.facebook.com/namubench9
카페   cafe.naver.com/namubench
인쇄 · 제본   현문자현
종이   월드페이퍼

그림ⓒ 서숙희

ISBN 979 - 11 - 952602 - 5 - 6   03810

· 이 도서의 국립중앙도서관 출판예정도서목록(CIP)은 서지정보유통지원시스템
  홈페이지(http://seoji.nl.go.kr)와 국가자료공동목록시스템(http://www.nl.go.kr/kolisnet)에서
  이용하실 수 있습니다. (CIP제어번호: CIP2014036609)